T.b SS 2442

La Philologie

APPLIQUÉE A L'HISTOIRE;

AUTRÉMENT

ORIGINE ET VALEUR

DES SIX NOMS

VERSAILLES ET TRIANON, PARIS, LOUVRE, TUILERIES ET LOUIS-NAPOLÉON;

Par J. LAPAUME,

Docteur ès-lettres,
Professeur de rhétorique supplémentaire
au Lycée de Versailles.

PREMIÈRE LIVRAISON.

PRIX : 1 FR. 25 C.

Franc de port, par la poste, 1 FR. 50 C.

A VERSAILLES,   A PARIS,
chez LEMAISTRE, Libraire,   chez LEDOYEN, Libraire,
passage S.-Pierre.   au Palais-Royal.

1852.

La Philologie

APPLIQUÉE A L'HISTOIRE ;

AUTREMENT

ORIGINE et VALEUR

DES SIX NOMS

VERSAILLES ET TRIANON, PARIS, LOUVRE, TUILERIES ET LOUIS-NAPOLÉON ;

Par J. LAPAUME,

Docteur ès-lettres,
Professeur de rhétorique supplémentaire
au Lycée de Versailles.

—●◇◉◉◉◉◇●—

A VERSAILLES,
chez LEMAISTRE, Libraire,
passage S.-Pierre.

A PARIS,
chez LEDOYEN, Libraire,
au Palais-Royal.

1852.

Imprimerie de KLEFER, place d'Armes, 17, à Versailles.

AVANT-PROPOS.

Des six grands noms dont j'ai résolu de traiter tour-à-tour, deux seulement paraîtront cette fois : les quatre autres, depuis *Paris* jusqu'à *Louis-Napoléon,* sont réservés pour une seconde livraison qui s'imprime en ce moment.

D'ailleurs, comme en cherchant le vrai sens de Versailles, j'ai dû inévitablement aborder le côté artistique de mon sujet, les deux livraisons annoncées se complètent et se terminent naturellement par un *Hermès* ou *Interprète classique* de toutes les statues extérieures de Versailles et de Trianon. Cet appendice ne sera pas la partie la moins neuve ni la moins piquante de l'ouvrage; mais on peut s'en faire d'avance une juste idée, en lisant la description et l'interprétation que je donne, dès aujourd'hui, des deux groupes de l'avant-cour du palais. Aussi bien, il convenait de commencer par-là; et nul, sous peine d'y porter un pied téméraire et profane, ne saurait faire un pas dans la cour, je ne dis pas dans l'intérieur du Musée, sans avoir, auparavant, compté avec ces deux Sphinx fort innocents, qui, placés en sentinelles, hélas! perdues, au seuil même du sanctuaire, y présentent depuis trois siècles bientôt, à la sagacité de tous une énigme hier encore indéchiffrable à tous. Et pourtant l'Europe entière, en quelque sorte, a parcouru le Musée de Versailles : est-ce donc que de ces myriades de visiteurs, ceux-ci passaient sans regarder, pendant que ceux-là regardaient sans voir? Dans tous les cas, les uns et les autres voudront feuilleter un *Hermès,* dont l'auteur s'est proposé surtout, en décrivant les cours, les jardins, les parcs et les places, de peupler la solitude et d'animer le silence par l'évocation de maints souvenirs de grandeur, de gloire ou de plaisir.

Et puis l'*Interprète classique* se recommande au public lettré par un puissant

intérêt d'une autre sorte : les chefs-
d'œuvre de l'art y sont perpétuellement
commentés par les monuments de notre littérature ; et la Poésie, l'Histoire,
les Mémoires même du grand siècle,
tout y contribue à mettre en lumière
les productions de la palette ou du ciseau. Si donc Flaxman a bien pu, en
descendant du poëme au dessin, montrer supérieurement ce que l'écrivain
faisait autrefois pour le peintre, et comment l'image ou le bloc n'est jamais
qu'un texte illustré ou buriné, l'*Hermès*,
par une méthode analogue, mais in-
verse, remonte de la toile, de la pierre
ou du marbre, au livre même où le génie de l'artiste a puisé l'inspiration ; et
dès-lors il s'attache à faire voir com-
bien est judicieuse, au fond, la fiction
qui fait des neuf Muses autant de sœurs
inséparables et solidaires entre elles.

Quelque jour je pourrai, je l'espère,
consacrer de patientes et consciencieu-
ses études aux Galeries historiques de

Versailles; et je publierai un second *Hermès*, dans lequel j'aurai soin de ménager incidemment une part à divers musées du premier ordre, comme sont les musées du Louvre, du Luxembourg, de l'Artillèrie, de la Marine, de l'Hôtel de Cluni, du garde-meubles de la Couronne, sans oublier les principaux édifices civils, militaires ou religieux de Paris, ni même les fontaines avec leurs savantes inscriptions.

Au fait, il y a peut-être quelque courage, et il y a sûrement une grande utilité à fausser enfin compagnie aux Grecs et aux Romains, pour célébrer nos gloires domestiques; car la réforme que, dans leurs temps, ont tentée le Dante et les Savonarole, va chaque jour s'accomplissant autour de nous; elle nous déborde de toutes parts, presque à notre insu, et malgré qu'on en ait. Et le paganisme qui s'était infiltré si avant dans notre société, par nos mœurs, nos livres, nos arts, par

toute notre éducation enfin, s'il n'est
pas encore éconduit de partout, ce
qu'à Dieu ne plaise, est obligé de s'effa-
cer à demi, et, sinon d'abdiquer l'empire, au moins de le partager désormais avec le Christianisme, un grand
nombre d'écrivains et d'artistes se ré-
signant de bonne grace à être franche-
ment de leur siècle, de leur foi et aussi
de leur pays. Déjà même, dans nos jardins publics, et côte à côte avec les Si-
lènes, les Satyres et les Faunes du
polythéisme, apparaît, non loin de
Velléda, la prêtresse gauloise, un long
cortége de reines et d'héroïnes que la
France a vues naître. En même temps
l'art gothique, afin de balancer la Ma-
deleine, ce Parthénon de Paris, élève et
dédie à sainte Clotilde l'un de ses plus
splendides et plus purs monuments.
Ce n'est pas tout : hier s'ouvrait au
Louvre un Musée spécial consacré aux
seules reliques du moyen âge. Car aucun
genre de gloire ne devait manquer au

Prince qui tient de la France elle-même le devoir et le droit de présider pendant dix ans aux destinées de la France; et voilà que, nouveau Médicis, il vient d'attacher son nom à cette autre Renaissance, si opportune chez nous, de l'art catholique et national.

Enfin l'antiquité grecque et romaine va céder le pas à des études plus fécondes en résultats neufs, importants, et qui seront mieux appropriés aux besoins de toutes les heures et de tous les lieux; sans doute, au moment où la connaissance plus approfondie des anciens documents de notre histoire, ainsi que des monuments de l'art au moyen-âge, jette tant de lumière sur l'origine et les progrès de la civilisation, il n'entrera dans la pensée de personne de vouloir diminuer la valeur ni l'intérêt de la *philologie appliquée à l'histoire des antiquités nationales de la France*. Mais n'y a-t-il pas quelque chose d'étrange et d'éminemment déplacé, à ce que chez nous la jeunesse soit généralement plus versée dans les arcanes de la vie intime des Grecs et des Romains, que dans les usages les plus vulgaires de la vie de nos aïeux ; qu'elle soit plus familiarisée avec les Fastes et les cérémonies des païens qu'avec le martyrologe et les fêtes de la France catholique ! Tel lycéen dira, dans la perfection, pourquoi les Athéniens portaient, à certains jours, des cigales d'or dans leur chevelure, qui, en revanche, ne s'est jamais demandé, et à qui l'on n'a jamais appris l'origine des fleurs de lys sur le blason de nos rois. Tel autre, bachelier d'hier, excelle à prouver, d'après Properce, que Rome tire son nom de *ruma (rouma,* mamelle) ; et il ne lui est jamais venu dans l'idée de peser les syllabes et d'approfondir le sens du plus significatif comme du plus vrai des noms : NAPOLÉON !..

Mais les travaux dont je parle visent à plus haut que la culture de l'esprit :

ils attisent dans l'âme les généreuses flammes du patriotisme ; et à force de nous mettre constamment sous les yeux tant de richesses artistiques ou littéraires, précieux héritage légué par vingt générations de Français, ils permettent à notre piété studieuse de mesurer quelles furent, à toutes les époques, la grandeur et la gloire de la France; or, plus un enfant connaît sa mère, plus il l'aime; et pour inspirer les sublimes dévouements, il n'est tel que les grands souvenirs.

J. L.

Versailles, ce 19 février 1852.

Séance du 23 Janvier 1852.

MESSIEURS,

En prenant pour la première fois la parole au milieu de vous, je me sens ému de crainte et de reconnaissance.

Ce qui cause ma crainte, ce sont les belles et bonnes choses qui ont coutume de se dire ici; et alors je suis tenté de me taire, et d'écouter toujours.

La reconnaissance m'est inspirée par la haute marque de bienveillance que je dois à vos suffrages; et alors je ne puis résister plus long-temps au besoin de vous déclarer que le précieux honneur que vous m'avez fait en me rangeant parmi les membres de la société des Sciences morales, des lettres et des arts de Seine-et-Oise, je n'avais aucun droit personnel d'y prétendre et que je le reporte tout entier sur le Lycée, d'où il m'est venu.

Mais si le meilleur ou plutôt le seul titre que je puisse revendiquer, c'est l'amour du travail et je ne craindrai pas de trancher le mot, la passion de l'étude, je ne dois pas tarder à justifier la confiance des honorables parrains (1) qui furent mes répondants auprès de vous.

Je viens donc aujourd'hui, Messieurs, vous payer mon béjaune; et pour que le choix de mon sujet porte bonheur à mes paroles et leur communique un intérêt qu'elles ne sauraient avoir d'elles-mêmes, c'est de ce que vous avez de plus cher, c'est de Versailles que je vous entretiendrai quelques instants.

(1) MM Anquetil et Vannson.

LA PHILOLOGIE

appliquée à l'histoire ;

AUTREMENT

ORIGINE ET VALEUR

DES SIX NOMS

Versailles et Trianon, Paris, Louvre, Tuileries,

Louis-Napoléon.

———◈◈◈◈◈◈———

Versailles, 20 janvier 1852.

Suivant Dulaure, les investigations auxquelles on
s'est livré jusqu'à lui pour découvrir l'origine du nom
de Versailles, n'ont pas été heureuses, la plupart des
écrivains ayant répété que ce nom lui vient de l'élévation du sol, qui faisait autrefois renverser les mois-
sons. Depuis Dulaure, on a imaginé une seconde interprétation, plus savante assurément, mais tout aussi
peu sérieuse que la première : Versailles serait l'ana-
gramme de *Villeseras,* et il signifierait (tu) seras ville.

1

Voilà, certes, qui n'est pas vrai, quoique bien trouvé ;
c'est du moins se tromper à plus de frais que tout à
l'heure. Mais, doué de plus de bon sens et d'un peu
moins d'esprit, notre interprète se serait vite aperçu
que son plus léger tort, dans cette explication, c'est,
je ne dirai pas de prophétiser après l'événement, mais
tout simplement de déplacer la question et de ne pas
craindre ainsi de faire sortir deux mots français du
capricieux arrangement de toutes les lettres d'un seul
mot latin ; car, enfin, ce qu'il faut éclaircir, c'est *Ver-*
saliæ, puisque celui-ci me livrera le secret de Versailles, tandis que le mot français ne pourrait que me
fourvoyer, comme il a fait tant d'autres avant moi
et des plus habiles. Je m'occuperai donc uniquement
de *Versaliæ, Versaliarum ;* le substantif porte la
marque du pluriel dans les deux langues, et la raison
de cette particularité sera donnée plus tard. Le titre
le plus ancien où soit mentionné, sous son vrai nom,
son nom latin, le lieu si célèbre que nous appelons
aujourd'hui *Versailles* en français, est une charte
authentique concédée, en 1037, par le comte Eudes
au monastère de Saint-Pierre de Chartres, et au bas
de laquelle, avec les autres témoins de l'acte, a signé
Hugo de Versaliis, c'est-à-dire *Hugues de Versailles.*

Ainsi Versailles existait, pour le moins, dès le commencement du onzième siècle : dès cette époque, le seigneur de l'endroit en prenait le nom, et signait ✳ *H. de Versaliis*. Mais c'est là tout ce que l'histoire a transmis de positif sur ces temps éloignés; et les renseignements qu'elle nous fournira plus tard, ne datent que de l'année 1627, dans le courant de laquelle la terre ou fief de Versailles fut vendue à Louis XIII, par Jean, seigneur dudit Versailles, et ensemble de Soisy, sous Montmorency.

Puis donc que l'histoire proprement dite garde le silence sur toute la période comprise entre 1037 et 1627, j'appellerai à mon aide la science héraldique ou du blason, science qui devra fournir plus d'une fois à l'histoire le mot de ses énigmes les plus enveloppées. Aussi bien la plupart de nos grandes cités comptent au moins deux moments distincts dans leur existence : avant d'être des villes, elles furent des fiefs ou seigneuries. Et comme l'écusson, cette solide et abrégée tablette d'histoire coloriée, doit attester surtout l'ancienneté de la fondation, c'est aux armes elles-mêmes qu'il convient de demander compte du premier âge d'une ville.

Parmi les nombreux procédés dont on fait usage

dans l'art des armoiries, il en est un surtout qu'il importe de signaler ici. Il consiste à figurer sur l'écu le nom même de la ville, non pas avec des lettres, mais avec des choses, à l'aide d'un rébus enfin. C'est ainsi que telle ville a choisi pour son rébus un ours et telle autre des rats. La première est en Suisse : dans la langue du pays, en allemand, *Ours* et *Berne*, c'est même chose et tout un. La seconde est une de nos villes du Nord : on peut voir sur cette place de la Concorde, où, réalisant l'antique fiction de la poésie, la statuaire a, de nos jours, ceint la tête de la France d'une couronne de cités, on peut voir un écusson parsemé de rats; c'est là le rébus d'Arras, de la ville que nos pères ont promis de rendre quand les souris prendront les chats. D'ailleurs, il n'est pas jus-qu'à la science des cachets, des sceaux, entailles, gem-mes ou pierres gravées qui ne soit appelée, elle aussi, à verser son contingent de lumières sur les lacunes ou les obscurités de l'histoire. Au fait, j'ai vu dans le cabinet d'un archéologue de Nevers, un cachet curieux entre tous; et il me sera d'autant plus aisé de le dé-crire ici, qu'en ce moment j'en ai sous les yeux une empreinte fort exacte. Ce cachet, de forme ovale, offre donc l'incroyable, l'inimaginable rébus que voici:

l'espace ou champ représente l'air, qu'on reconnaît
assez au croissant de la lune et à deux étoiles; au milieu de l'air apparaît un singe encapuchonné; il tient
un bâton ou plutôt une crosse d'une main, et de l'autre il se serre le dos. Ainsi le tout représente un singe
qui, crosse en main et cape en tête, se serre le dos
en plein air. Et ce bizarre assemblage, c'est, devinez
quoi! c'est très-sérieusement le sceau de l'abbé mitré
de S.-Germain d'Auxerre, selon l'inconcevable rébus
armorié : *singe-air-main-dos-serre.* Que si vous en
doutiez le moins du monde, il me suffirait de vous
faire lire les caractères tracés en manière de hors-
d'œuvre ou d'exergue : ✳ S. G. DE MUNOIS MOA̅-
CHI. S. ✳ GMANI AUTISS., autrement pour le
français, ✳ cachet de Guy de Munois, moine de
S.-Germain d'Auxerre, et pour le latin, ✳ *Sigillum*
Guidonis de Munois Monachi Sancti ✳ *Germani*
Autissiodorensis. Mais c'est le moment de faire sur
Versailles l'application de la règle qui vient d'être in-
diquée.

Versailles présente trois phases diverses dans sa
longue existence : il est, selon les temps, ville, palais,
et... qu'attendez-vous? Je ne sais, ou plutôt je ne dois
pas encore savoir, comment dire; mais je vais, avec

vous, chercher le mot qui me manque, le chercher, retenez ceci, dans le rébus même des armes de Versailles; car c'est là seulement, ou nulle part, qu'en l'absence de toute donnée historique, je parviendrai à le surprendre enfin.

Or, l'ensemble des armes actuelles de Versailles se compose de trois parties : une couronne murale ou crenelée, le livre de la loi flanqué de drapeaux, enfin deux oiseaux. Et chacune de ces parties doit correspondre exactement aux trois âges de Versailles de la manière suivante : la couronne de tours signifie ville, et c'est la marque de l'âge moderne; à l'endroit où nous voyons aujourd'hui la charte ou constitution, entourée d'enseignes, ce qui est encore un attribut de l'âge moderne, à cet endroit, ai-je dit, brille, par son absence, l'écu de France, semé des fleurs que l'on sait; et cet écu, autrefois surmonté d'une couronne, non pas murale mais royale, comme elle se voit encore au-dessus de la grille d'honneur, rappelle et consacre l'âge moyen de Versailles, puisque diadême et fleurs signifie palais des rois, comme tout à l'heure creneaux ou remparts se traduisait par ville ou cité; enfin, les deux oiseaux appartiennent nécessairement au premier âge de Ver-

sailles; et ils ont le sens que nous allons chercher ensemble, à qui mieux mieux. Mais auparavant, il ne
sera pas sans intérêt de rappeler que l'écusson ac-
tuel de nos villes, par cela même qu'il résume en un
seul, toujours les deux, quelquefois les trois moments
de leur durée, se trouve surchargé et comme encom-
bré de symboles assez généralement analogues, con-
génères, et qui font double emploi. Mais on les peut
toujours ramener à l'unité primitive, sauf à montrer
comment, suivant les époques, celui-ci a dû faire
place à celui-là. C'est ainsi que, dans l'espèce, par
exemple, Hugues de Versailles avait, en 1037, ses armes et son blason ; ces armes et ce blason de Hugues
passèrent, sans altération notable, à Jean, seigneur
de Versailles en même temps que de Soisy. Mais, en
1627, et du jour où celui qui ne sera plus que Jean de
Soisy, vendit sa terre à Louis XIII, les armes du roi
de France supplantèrent, sur l'écu de Versailles,
celles de l'ancien maître et seigneur de céans. Ce-
pendant, et c'est là qu'est l'enclouure, comme par
un choix non moins ingénieux que vrai, Hugues de
Versailles avait, dans le principe, adopté pour ses armes un rébus exprimant en choses ce que Versailles
dit en lettres ; d'ailleurs, pour les raisons générales

dont il a été parlé plus haut, c'est-à-dire afin de consacrer la haute antiquité du lieu qu'il venait d'acheter, et d'en transmettre l'extrait de baptéme aux siècles futurs, Louis XIII associa à sa couronne, je veux dire recueillit et abrita sous la couronne de son blason, le couple déjà deux fois errant des oiseaux d'Hugues de Versailles.

Ces oiseaux, qu'on pourrait à bon droit surnommer les *oiseaux incompris,* sont en guise de certaine autre chose; mais le moment n'est pas encore venu de dévoiler le mystère. Je disais donc que Versailles naissant a pour maître Hugues de Versailles, et pour armes deux oiseaux qui sont en fonction d'un. . . . . j'achèverai en temps utile. Puis, dans l'éclat de sa jeunesse, il a pour armes, outre les deux susdits oiseaux, l'écu de France fleurdelysé et que surmonte la couronne de Louis, son auguste maître. De nos jours, on a, par la suppression des emblêmes de l'époque mitoyenne, réuni les époques extrêmes, le commencement et la fin. Aussi, prenant sur l'écusson moderne la place qui leur revient et par droit de nature et par rang d'ancienneté, les deux oiseaux allégoriques paraissent-ils dominer de toute la hauteur de leurs cous fièrement dressés, les mots *Ré-*

publique française, inscrits, à leurs pieds, sur une tablette éployée.

Pour qui regarde curieusement à ces oiseaux, ce qui frappe d'abord, c'est le déploiement et l'enver- gure des ailes, puis la crête; enfin, c'est qu'étant véritablement deux, ils semblent, à la manière dont ils sont agencés, j'ai failli dire emboîtés l'un dans l'autre, faire partie d'un seul corps. Notons avec soin ces trois particularités; aucune d'elles n'est indiffé- rente au sujet qui nous occupe.

A l'égard de ces oiseaux, il ne sera pas non plus sans utilité de fixer quels ils sont, des savants du bon

coin professant là-dessus des sentiments opposés.
Nous parions pour les coqs, s'écrient les uns; nous
tenons pour les aigles, répliquent les autres avec autant de chaleur et plus de raison; car, s'il m'est per-
mis d'accorder un différend qui divise de tels juges, je
n'hésite point à déclarer que ces oiseaux sont aigles,
en dépit de la crête, sur laquelle, d'ailleurs, j'ai besoin de m'expliquer. Le jour où la nature donnait au
coq une espèce de bras dont il s'élève en l'air, un
morceau de chair dont il use pour prendre l'essor, ce
même jour, la nature a couronné d'une sorte de
houppe ou aigrette l'aigle, le roi des oiseaux. Cette
houppe, moins fournie que celle du coq, ne se dresse
point au sommet de la tête : on la voit poindre à l'extrémité de l'occiput, passez-moi l'expression. La crête
est donc l'apanage de l'un et de l'autre oiseau, et ils
lèvent tous les deux une tête empanachée. Au reste, je
ne fais pas difficulté d'avouer qu'à l'époque assez ré-
cente où le coq remplaça les lys, c'est bien en coq
qu'on eut l'intention de déguiser, de travestir notre
aigle, et j'ajouterai même qu'on agissait en cela avec
la plus entière bonne foi : on était si loin de se douter alors que la présence de l'aigle est absolument
nécessaire, indispensable aux armes de Versailles,

dans lesquelles il est apparemment tout le nœud et l'unique pivot de l'énigme! Mais voilà que dans ces derniers jours un prodigieux changement s'est accompli, qui remettra toute chose à sa place dans le domaine de la science archéologique, et ailleurs encore, s'il plaît à Dieu. Déjà, à l'heure même où j'écris, devant l'aigle s'enfuit, à son tour, le coq, le coq qui avait fait litière des lys, le coq qui ne se nourrit pas d'ortolans, et dont souvent le renard se nourrit. Mais ce n'est pas pour cela, j'imagine, qu'au commencement du xie siècle, l'aigle lui fut préféré par Hugues de Versailles. D'un autre côté, si l'aigle ne s'était pas recommandé à un autre titre que celui de porter la foudre et de regarder en face le soleil, auquel cas n'eût point été remplie la condition exigée en vue de l'allégorie, l'aigle lui-même serait encore absent de nos recherches et de l'écusson de Versailles. Mais, enfin, pourquoi l'aigle? pourquoi deux aiglés même? Mon intention ne saurait être ici d'énumérer et de réfuter une à une toutes les différentes raisons, d'autant moins vraies qu'elles sont plus jolies, qu'on pourrait apporter du choix de l'aigle pour les armes que j'essaie de traduire; je me bornerai donc à en signaler deux ou trois, comme seraient les suivantes : dès la plus haute antiquité, l'aigle ornait le temple des dieux et le palais des rois; Louis XIV ayant pris pour symbole le soleil, ne pouvait guère se dispenser de ménager une place dans le palais du soleil au seul oiseau qui peut en soutenir l'éclat; Versailles était pour ainsi dire le centre du monde; comme à Delphes, ce nombril de la terre, on rendait, à Versailles, des oracles qui décidaient du sort des nations, et à Versailles, comme à Delphes, on avait en grand honneur le prince des oiseaux, en mémoire de ces deux aigles qui, envoyés par le maître du tonnerre, l'un au levant, l'autre au couchant, s'étaient, après le même temps d'un vol également rapide, rencontrés, bec à bec, dans la ville d'Apollon et sur le faîte même du temple consacré au dieu du soleil. A toutes ces interprétations, et à d'autres semblables, il suffira d'opposer que plusieurs siècles avant qu'il fût la demeure des rois, qui ne l'habitèrent que depuis Louis XIII jusqu'à Louis XVI, Versailles était en possession de s'appeler Versailles; et que le parrain qui lui donna un nom en 1037, pour ne pas remonter au-delà, *Hugo de Versaliis* ne lisait pas si loin dans le passé de la Grèce, et encore moins si avant dans l'avenir de la France.

Jusqu'ici donc nous n'avons de légitimement acquis

au débat que *Versaliæ, Versaliarum* d'une part, et d'autre part l'aigle ; je me trompe, les deux aigles ; et c'est dans ces deux notions seulement, un mot et une image, que se résume pour nous toute la période antérieure au xvii° siècle. Si maintenant je combine ou ordonne ces termes avec les renseignements exacts que l'histoire a mis à ma disposition, je trouverai bientôt, et, ce qui vaut mieux, je ferai trouver à ceux qui m'écoutent, le mot désespéré d'une énigme insoluble jusqu'ici.

Le problème à résoudre peut donc être posé de la manière suivante :

Étant donné *Versaliæ* ou *Versailles,* d'une part, étant donnés d'autre part deux aigles, trouver le rapport caché, mais très-étroit qui unit ces deux termes, quand on sait d'ailleurs, par les mémoires de Saint-Simon, que Louis XIII ennuyé, et sa suite encore plus, d'avoir souvent couché dans un méchant cabaret à rouliers ou dans un moulin à vent, toutes les fois qu'il était venu courre le cerf, acheta un fief et des terrains, et y fit élever un petit château de cartes sur un monticule qui était occupé par un moulin à vent.

Dans *Versaliæ,* composé du supin *versum,* tour-

her, et de *alæ*, ailes, il est aisé de voir tourne-ailes;
d'où je conclus que le vrai sens de Versailles est
tourne-ailes ou........ mais il n'est pas temps encore
de parler plus clairement.

Dans les aigles géminés, je trouve, outre la crête,
quatre ailes qui tournent, et tournent tellement agen-
cées entre elles, qu'elles paraissent se mouvoir ensemble, de concert, et comme appartenant toutes
les quatre à un seul et même corps. Donc, en tout,
j'ai tourne-ailes ou Versailles, plus une crête avec
quatre ailes qui tournent conjointement. Or, je vous
le demande, qu'est-ce que quatre ailes tournant si-
multanément sur une crête (de montagne), sinon un
tourne-quatre-ailes, un Versailles, un moulin à vent,
puisqu'il faut enfin l'appeler par son nom? Aussi
bien ce moulin n'est pas autre que celui auquel Bas-
sompierre faisait allusion, quand il appelait Versailles
un chétif château, de la construction duquel un simple gentilhomme ne voudrait prendre vanité. C'est le
même encore auquel Louis XIV reportait sa pensée,
lorsque montrant un jour à un des seigneurs de sa
cour les vastes bâtiments dont il avait couvert la colline (justement la crête de nos oiseaux), il lui dit:
« Vous souvient-il d'avoir vu un moulin en cet en-

droit? — Oui, Sire, répondit le seigneur ; le moulin a disparu, mais le vent est resté. »

Cette réponse, assurément, ne manque pas plus de finesse que de profondeur : elle donnait à entendre au grand Roi, qu'après avoir dompté la féodalité, il aurait encore à craindre et bientôt à combattre un autre rival plus terrible. Au fait, ce moulin qui a disparu, c'est, je suppose, dans la pensée du sage courtisan, le castel ou manoir féodal qui s'est écroulé, battu en brèche par le pouvoir royal ; c'est même, sans figure et au pied de la lettre, le moulin renversé ; car il fut un temps où chez nous four, moulin, colombier, garenne, pignon sur rue, tout cela était autant de droits ou de priviléges seigneuriaux. Le vent qui est resté, c'est celui de la colère populaire ; le même qui soufflait au 10 août et emporta la royauté. Mais revenons vite à notre moulin et disons que le gentilhomme fit à Louis XIV une réponse trop belle et trop prompte surtout, pour qu'elle n'ait pas été élaborée, à plaisir et à loisir, par Dulaure, et que s'il se souvenait encore d'avoir vu le moulin, ma foi, il ne s'en souvenait guère ; car autrement, comment ne l'eût-il pas reconnu à l'instant dans les armes du palais? Gentilhomme, il avait étudié le blason dans son enfance, et il aurait dû lui suffire d'un rapide coup-d'œil, pour retrouver dans l'aigle entier (*aquila*) le vent de bise ou aquilon; dans sa crête, la colline ou le monticule ; enfin, dans les quatre ailes inséparables, le moulin à vent qui compte autant de bras ; alors il eût également compris sans peine que la raison de l'*e* final dans *Versaliæ,* comme de l'*s* au bout de Versailles, c'est tout naïvement le nombre des ailes, tant de l'aigle que du moulin. Étrange coïncidence que celle-là ! Postdam et Versailles ont eu la commune fortune d'être construits sur l'emplacement d'un moulin; et ce moulin, je ne puis guère mieux le comparer qu'à celui de Sannois, aussi rénommé pour sa galette et son ginguet, que pour l'élévation de sa butte et le délicieux agrément du paysage. C'est donc d'un meunier que Frédéric et Louis achetèrent où bâtir leurs superbes maisons des champs. Mais au rebours de Sans-Souci, qui donna son nom à la terre, notre Hugues Du Moulin, de tourne-ailes ou de Versailles, prit le nom de la terre : celui-ci fut gentilhomme; et l'autre, roturier; car, dans le principe, ce qui fit noble, c'est le fief, le fief que le seigneur avait reçu du Roi son suzerain, et auquel étaient attachés un titre et des armes. Cette première époque vit naître et justifia le proverbe *nulle terre*

sans seigneur (no land without a lord). Plus tard se
prirent à foisonner les seigneurs sans domaine ou les
Gauthiers sans avoir. Ces nobles de fraîche date, nés
d'hier et sans lendemain, ces Jourdains, en un mot,
voulurent avoir aussi un blason et des armoiries ; et,
fort souvent, ces armoiries passèrent de l'enseigne
de leur boutique sur leur écusson ; de là firent inva-
sion dans la science héraldique, maints instruments
des fonctions les plus vulgaires. Enfin, par un retour
grotesque, les vilains eux-mêmes, tels que merciers,
artisans, hôteliers surtout, demandèrent à l'écusson
féodal des symboles dont ils blasonnèrent à l'envi
l'échoppe ou la taverne. Dès lors, tout bourgeois bâ-
tissant comme le grand seigneur, ce ne fut plus partout que salamandres, écureuils, faisans dorés, nefs
d'argent, cloches, galères, lions d'or, gerbes d'or,
soleils d'or. Mais je m'aperçois que j'oublie Hugues de
Versailles, ce noble de vieille roche, qui ne dut qu'à
son moulin les armes par lui transmises à Louis XIII.
Et qu'on ne s'étonne pas de voir commencer, j'allais
dire poindre, par un moulin, ce majestueux et vaste
édifice, autrefois l'Acropole de la monarchie, aujour-
d'hui le sanctuaire des Muses et désormais notre seul
Panthéon : la plus belle chose du monde, Rome elle-

même, que fut-elle à sa naissance? Passant, disait un de ses poëtes, tout cet emplacement que Rome, l'immense Rome occupe, avant Énée de Phrygie, c'était une colline et de l'herbe; et à l'endroit où s'élève le palais consacré à Phébus Actiaque, se couchèrent et mugirent les génisses d'Evandre fugitif.

Hoc quodcumque vides, hospes, quam maxima Roma est,
Ante Phrygem Æneam, collis et herba fuit.
Atque ubi navali stant sacra Palatia Phœbo,
Evandri profugæ procubuere boves.

Passant, dirons-nous à notre tour, tout cet espace de Versailles, cette aire infinie où tu vois s'étendre et se déployer quatre ailes d'une vaste envergure, avant Louis de France, c'était un monticule et quatre ailes de moulin.

Et à la place où tu admires le palais consacré à toutes les gloires de la patrie, le reptile bourdonna sous des buissons sauvages.

Mais si, comme on l'a dit:

L'auguste Rome avec tout son orgueil,
Rome jadis était ce qu'est Auteuil,

elle s'en est long-temps souvenue; elle n'oublia ni sa

laborieuse enfance ni ces bottes de foin qu'elle allait
ravissant, au jour le jour :

> Quand ces enfants de Mars et de Sylvie,
> Pour quelque pré signalant leur furie,
> De leur village allaient au Champ de Mars,
> Ils arboraient du foin pour étendards.

Cet étendard de foin, ce gonfanon ou gonfalon, nous
le retrouverons plus tard dans l'Italie moderne, entre
les mains du chef d'une république. Eh bien! la botte
de foin choisie pour enseigne par Rome naissante, en
attendant qu'elle devienne un jour la célèbre bannière
de l'époux de l'Adriatique, du gonfalonier de Venise
la Belle, ressemble singulièrement au tourne-ailes, au
Versailles ou moulin construit d'abord par Hugues,
puis figuré par lui crête pour crête, aile pour aile, sur
son écusson, au moyen des aigles géminés. Jusque là le
moulin et son propriétaire couraient grand risque de
périr dans la mémoire des hommes : l'immortalité leur
fut assurée, du jour où le roi de France est devenu
seigneur de Versailles.

Mais, comme si ce n'était pas assez d'avoir invo-
qué à l'appui de mon opinion sur l'origine et la va-

leur du mot Versailles, le témoignage de l'histoire et celui de la science héraldique, je vais rattacher subsidiairement à la démonstration qui précède, une nouvelle preuve d'un autre ordre et qui n'est, certes, pas sans importance; cette preuve, je la puiserai dans notre liturgie catholique.

Versailles eut, dès les premiers temps, un patron dont la chapelle était dite : *Altare sancti Juliani de Versaliis*, et dont la fête annuelle, placée immédiatement après les réjouissances prolongées de la fête de S.-Louis, se célébrait le 28 août, avec beaucoup de pompe et d'éclat ; et comme, de l'aveu de Dulaure, le saint était en grande vénération dans tout le voisinage, la fête attirait une grande foule. Mais ce n'est pas sans un motif puissant et en quelque sorte personnel, que le seigneur de Versailles, Hugues Du Moulin, s'était mis, lui et ses gens, sous la protection de ce saint là, plutôt que sous celle de tel ou tel autre. En effet, en parcourant la vie de l'évêque et confesseur Julien, j'y remarque un trait de nature à faire comprendre de reste pourquoi Messire Du Moulin a dû le préférer entre tous et se le proposer pour modèle, à lui-même ; pourquoi, enfin, S.-Julien est devenu le patron des meuniers, comme S.-Fiacre et

S.-Éloi sont depuis long-temps en possession d'être ceux des jardiniers et des forgerons.

« Julien, dit la *Chronique*, mérita d'être regardé comme le père des pauvres, tant il s'appliquait à soulager de ses aumônes les indigents, les veuves et les orphelins. Une disette générale affligeait sa province, et toutes les provisions de ses greniers étaient épuisées. Touché du malheur de son peuple, le saint évêque offrit à Dieu ses prières et ses larmes. Alors une immense quantité de blé fut apportée à l'évêché par une longue file de bêtes de somme, qui ne furent pas plutôt déchargées, qu'elles disparurent. »

Ce qui précède étant admis, on m'accordera sans peine que Trianon, dépendance autrefois et maintenant de Versailles lui-même, a pris le nom de l'ancien village Trianon, lequel nom a pour racines *tri* et *anus*, ou plutôt *anellus*, contraction de *asinus*, *asinellus*. Tri est ici par métonymie et signifie beaucoup, comme il arrive en mille occasions, tellement que Trianon, Tri-ânon équivaut à plusieurs... et le reste. Au fait, où donc, je vous prie, pourraient-ils être mieux et plus à leur place qu'à côté du moulin ? Que si l'on s'étonne par trop de voir ainsi tout ce peuple naissant paître et s'ébattre avec bruit aux lieux qui seront un jour le parc aux cerfs, nous désirons qu'on se souvienne un peu des villages d'Asnières et de Choisy-aux-Bœufs ; et peut-être alors l'analogie et l'accoutumance enlèveront-elles à notre interprétation ce qu'elle pourrait avoir de contrariant ou de désobligeant tout d'abord.

Liturgie donc, blason, histoire, langage, tout conspire à la fois à accréditer mon opinion. Mais ce n'est pas tout : l'art lui-même, l'art avec ses monuments de pierre, atteste aussi la même vérité ; écoutez plutôt ; car ce qui me reste à dire mérite la plus sérieuse attention.

Hier même et sans idée préconçue ni parti pris d'avance, je m'étais arrêté un instant au bout de l'avenue de Paris ; et de là je jetais devant moi un long regard d'admiration. J'étais encore trop éloigné pour distinguer, sur la grille de l'avant-cour, la couronne et l'écu de France, avec Phébus et sa lyre, que déjà j'apercevais se dessiner dans l'air et se détacher à droite et à gauche, sur l'azur du ciel, deux blanches ailes éployées. Après quelques pas, je vis bientôt que les quatre ailes ainsi tendues, appartiennent à deux grandes statues tournées de profil, non sans motif, apparemment. Ces deux statues, en tout sem-

blables, sont d'une femme, et la femme est couronnée ;
couronnée?—c'est la Royauté ; tournée de profil avec
des ailes? — c'est la Royauté de tourne-ailes ou Versailles. Voilà donc en rébus sculpté, et dès le seuil du
temple, le nom de la Divinité ou Royauté de Versailles. Mais dans les deux statues, à gauche et à droite,
la Royauté tient en main une couronne, en signe de
victoire. Donc, nous avons devant nous le sanctuaire
de la Royauté de Versailles triomphante.... Triomphant de qui ou de quoi? — A droite, triomphant de
l'aigle, qu'elle semble écraser sous son pied, et à gauche, triomphant du lion, qu'elle a terrassé. L'aigle ici,
c'est, à n'en pas douter, notre moulin de Hugues ; et ce
moulin, c'est le manoir féodal. Autrefois, en effet, les
seigneurs, comme autant d'oiseaux de proie, avaien t
construit leurs nids sur les hauts lieux, et de là ils
aimaient à s'abattre en vautours sur les manants de la
plaine ; c'est ainsi qu'ils méritèrent de s'appeler *hobereaux,* c'est-à-dire *aigles de la plus petite espèce.*
Donc, Royauté de Versailles triomphant de la féodalité ou de l'aigle hobereau. Triomphant comment? Un
homme est là, robuste et vigoureux, la lèvre et le
menton ornés de barbe, en signe de force et de li-
berté ; il se penche comme pour soutenir ; on le voit

tendre le dos à un pesant fardeau; et de ses bras croisés avec aisance et souplesse, l'un, celui sur lequel porte tout l'effort du corps et le poids de la charge, est posé presque nonchalamment sur un genou qui ne fléchira point. Les traits du visage sont d'un Français, et ils respirent évidemment un certain air content et goguenard, dont la défaite de l'aigle me paraît être le juste motif. En effet, cet homme-là c'est le peuple français; il se souvient de Louis-le-Gros, le père des communes et des bourgeois, et il n'a pas oublié l'échafaud où furent décapités Cinq-Mars et de Thou. Donc, notre hiéroglyphe signifie : La Royauté de Versailles triomphe de la féodalité en s'appuyant sur le bras du peuple; et ce premier groupe perpétue et consacre ainsi le souvenir, aujourd'hui plus opportun que jamais, de la salutaire et solidaire alliance du roi et des bourgeois contre les grands. Les accessoires sont, dans ce groupe de droite, le Génie de la Victoire chargé de palmes qu'il porte à la brassée; et au revers, presqu'au dos des statues, une panoplie ou armure complète de chevalier. Rien ne manque au rébus, pas même la symbolique tête de taureau; et vous avez sous les yeux dans toutes ses parties, et vous refaites pièce à pièce le centaure de bronze du moyen âge, ce gentilhomme tout bardé de fer, lui et son cheval de bataille.

Dans le groupe de gauche, la Royauté de Versailles triomphe du lion. Or, le lion c'est ici la force collective de tous les ennemis du dehors, comme tout-à-l'heure l'aigle-hobereau représentait tous les séditieux du dedans. Cette fois encore, un homme est là, un homme robuste aussi, mais sans barbe ni longue chevelure, mais esclave et vaincu, dans l'attitude de la contrainte et de la gêne, les mains liées derrière le dos, et le front courbé sous la puissante main de la Royauté de Versailles ; les traits de la figure sont d'un étranger, et ils expriment la souffrance et le dépit. Cet homme, c'est, ensemble ou tour-à-tour, le Hollandais, l'Allemand ou soldat de l'Empire, l'Espagnol et le Turc même. Car, parmi les accessoires, on distingue, près des faisceaux de piques et d'autres armes, une coiffure étrangère très-haute et très-volumineuse, au devant de laquelle est incrustée une pierre précieuse, une turquoise. Dans ce trophée général conquis à toutes les époques et sur tous nos ennemis de l'extérieur, cette coiffure rappelle, pour sa part et dans sa langue, la défaite des Turcs en Hongrie, en 1664.

C'est ainsi que le groupe de gauche signifie la Royauté de Versailles triomphant de tous les ennemis du dehors. Donc les deux groupes, loin d'être personnels, individuels, loin de se renfermer dans un étroit espace de temps et de lieu, présentent le caractère d'une généralité absolue ; ils embrassent toute une phase de notre histoire ; et j'y vois en pierre une double épopée cyclique ; dans le premier de ces poëmes burinés, les principaux personnages sont Philippe-Auguste, Louis XIII et Louis XIV ; dans le second, les mêmes, avec Louis-le-Jeune et S.-Louis.

Je sais bien que telle n'est pas l'explication dont ces monuments ont été l'objet jusqu'ici, quand on ne les a pas entièrement passés sous silence, dans les divers ouvrages publiés sur Versailles. Mais si peu versé qu'on soit dans l'herméneutique des objets d'art, on ne peut voir que des badineries dans des titres comme ceux-ci : Victoire de Louis XIV sur l'Espagne représentée par le lion, *Victoria ex Iberis reportata ;* victoire de Louis XIV sur l'Empire représenté par l'aigle, *Victoria e Germanis reportata.*

J'ai beau chercher qui le premier donna cours à cette double et si prosaïque erreur. Dans tous les cas, ce n'est pas de Monicart ; il se borne à dire en français, ou plutôt à faire dire par le château même :

A mon entrée encor, tu vois ces deux Guérites,
Servant exprès de pieds d'estaux
A ces deux Groupes des plus beaux ;
Figurans de Louis la fréquente Victoire,
Cet aigle et le lion en marquent la mémoire.

Et plus bas il prête au même château le latin que voici :

Figurarum duæ congeries quas vides in diabus hisce speculis juxta introitum meum positis, in quibus eminent Leo et Aquila, egregie sculptæ sunt.

Les deux groupes que tu vois sur ces deux guérites, placées vers mon entrée, groupes où se font remarquer le Lion et l'Aigle, sont d'un ciseau savant. Dans tout ceci, rien que de vrai ; mais rien non plus qui explique aucunement le sens et le sujet de l'ensemble ou des parties de l'œuvre ; car, dans cette fréquente Victoire de Louis, il y a place pour maintes victoires et pour plus d'un Louis. C'est là d'abord ce qu'on n'indique pas. Il fallait ensuite prendre en particulier Louis XIV, et nous le montrer subjuguant, à la fois ou tour-à-tour, les rebelles du dedans et les ennemis du dehors. Au fait, si le prince sur les portraits de qui on lisait, quand il avait cinq ans : plus jeune que Salomon, déjà sage et puissant, *Salomone junior, jam sapiens et dives ;* si Louis XIV mérita bientôt qu'on dît de lui *nec pluribus impar*, lui aussi, comme le soleil, il tient tête à plus d'une contrée; ou contre toutes les puissances liguées il suffit de Louis, *sufficit orbi :* ce fut surtout le jour où il écrasait d'une main les Musulmans de la Turquie et anéantissait de l'autre les hobereaux de la France. Oui, si le grand roi se comparait au soleil, c'est moins parce qu'il avait d'Apollon la jeunesse, la beauté et l'ondoyante chevelure, que parce que, lui aussi, il passait comme un éclair d'un monde à l'autre. Je rappellerai à ce sujet que le groupe de droite est de Gaspard de Marsy, et celui de gauche, de Girardon.

Un membre correspondant du ministère de l'instruction publique pour les travaux d'histoire, M. Corrard de Breban, a eu, nous dit-il, à sa disposition des renseignements aussi authentiques que curieux sur les ouvrages de sculpture exécutés à Versailles par Girardon. Ces renseignements sont consignés, année par année, et presque jour par jour, dans une suite d'*in-folio* manuscrits, intitulés : *Bâtiments du roi,* commençant à l'année 1668, et se ter-

minant vers 1695. Les premiers sont aux armes
de Colbert, les autres aux armes de Louvois. Ils
étaient conservés aux archives de la couronne, au
Louvre, et doivent être réunis aux archives générales. Le biographe de Girardon a été à même, ajou-
te-t-il, de puiser à cette source nouvelle des détails
inédits, et sur l'époque précise, et quelquefois sur le
prix des travaux exécutés par l'illustre Troyen. Or,
voici ce que la notice de M. Corrard de Breban présente de détails inédits, exacts et curieux, à la page
49 : « Le long de la grille qui sépare l'avant-cour du
château de Versailles se trouvent deux guérites qui
servent de piédestaux à deux groupes de pierre. Celui de gauche est de Girardon ; il représente la victoire de la France sur l'Espagne, symbolisée par le
lion gravé par Thomassin. Ces groupes ont été po-
sés en 1680, et ont été payés 2,000 livres chacun.
Celui dont il s'agit ici est de l'effet le plus grandiose.»

Si vous demandiez à M. Corrard de Breban pourquoi il garde le silence sur le groupe de droite, celui
qui occupe la place de choix, et dont l'effet, sans être
moins grandiose, accuse bien autrement de portée et
de profondeur, il répondrait sans doute que les manuscrits du Louvre n'en disent absolument rien ;

était-ce donc, alors déjà, une sorte de secret d'État, que l'idée essentielle qui dut présider à la composition de ces chefs-d'œuvre? Ce mystère de politique, plus encore que de sculpture, était-il ignoré? ou plutôt le petit nombre des initiés appréhendait-il de le répandre dans le public? Quoi qu'il en soit, l'auteur de la notice précitée continue ainsi, sur la foi des mêmes *in-folio :*

« Aux côtés du fronton de la façade du château, on voit deux statues. A droite est Hercule, qui se repose après avoir vaincu l'hydre ; allusion à Louis XIV et à ses ennemis. Le lion et le taureau figurent l'Espagne et l'Empire. Cette statue en pierre est de Girardon, qui en conservait le modèle en cire dans sa galerie. En juin 1679, Girardon recevait 900 livres à-compte sur cet ouvrage. »

Les passages que je viens de citer, il arrive qu'ils se lisent, mot pour mot, dans Piganiol de la Force, aux pages 12 et 16 du Ier volume. Il n'en aurait été retranché que la ligne suivante : « La statue qui est à gauche représente le dieu Mars : elle est de Marsy. »

Ces deux statues confirment à leur tour mon opinion sur les groupes ; car c'est absolument la même

pensée sous une forme analogue. Ici comme là-bas,
c'est toujours le taureau ou centaure de la féodalité;
c'est, de plus, et comme variante du même thème,
une hydre aux têtes abattues sans cesse et sans cesse
renaissantes. A côté de cette fidèle image de l'anar-
chie et de la rebellion des seigneurs, on aperçoit deux
casques de chevaliers; et, près de là, comme le châ-
timent près du mal, Hercule et ses flèches. En face
apparaît Mars, le Mars moderne; sa main tient une
couronne, emblême des victoires qu'il a remportées,
non pas à l'aide de la force physique, comme durant
le premier âge de la guerre ou la féodalité, mais avec
le bélier, l'artillerie, la tactique, le Génie enfin, sur
tous les ennemis du dehors; car Mars ici, c'est surtout Minerve.

Maintenant, je présume, il a été prouvé surabon-
damment que nos quatre ailes du moulin de Hugues
servent, en quelque sorte, d'enseigne hiéroglyphique
au palais de Versailles; et que c'est encore par allusion au même moulin que près de la grille, dans le
groupe placé à main droite, l'aigle du genre hobereau
expire en gémissant sous le pied victorieux de la
monarchie.

Je ne m'arrêterai donc pas à démontrer que tel est

encore le sens de toutes ces ailes qu'on voit, à chaque pas, déployées quatre à quatre par des Génies,
petits ou grands, non - seulement dans le palais
même, mais jusque sur la façade des hôtels du voisinage. Il me suffira pareillement d'indiquer que dans
la salle des bains, les fils du Temps, les mois de l'année, sont représentés ailés comme leur père, ce qui
est en opposition avec tous les usages mythologiques
et la constante pratique des arts. Bref, si vous aimez
les ailes, on en a mis partout : ailes du hobereau qui
palpite écrasé sous le pied victorieux de la royauté
elle-même aligère, ailes de la Renommée, ailes de
Pégase, ailes de Zéphyre, ailes ou talonnières du ca-
ducée de Mercure, ailes de ces anges qui font la garde
autour de la chapelle. Du reste, c'est de la sorte encore, c'est dans le sens allégorique et non pas dans
le sens vulgaire, qu'il convient de traduire une my-
riade d'Amours jumeaux, dont les quatre ailes au
vent forment, en caractères hiéroglyphiques, les lettres démotiques du nom Versailles. Et le désir ou
plutôt le besoin d'ailes partout, était si impérieux, il
entrait pour une si grande part dans la pensée du
fondateur, que du moment où il devenait impossible,
eu égard à la nature ou aux attributs de l'objet, de

figurer une aile des nombreuses espèces énoncées précédemment, on représentait une aile de ee cygne peu harmonieux qui prend son vol sur la plaine humide, une aile de vaisseau, une poupe enfin. Ainsi, dans le grand escalier de marbre, un tableau de Lebrun offre des ailes, offre quatre ailes de vaisseau ; et, de ces quatre poupes, la signification est moins de rappeler des victoires navales que de peindre, encore une fois et avec une variante, l'éternelle leçon Versailles.

> Deux captifs en marbre blanc feints,
> Sur ces rouleaux assis sont sçavamment dépeints ;
> On voit au milieu d'eux, plus haut que la coquille,
> La poupe d'un vaisseau dont le *bronze en or brille ;*
> Dans le coin de chacun on voit représentez,
> De semblables objets aux quatre extrémitez ;
> Ces poupes de vaisseaux sont par le haut ornées
>   De divers enrichissements,
> De branches de laurier, de palmes couronnées .

Mais les deux captifs décrits si bien sur la toile du peintre Lebrun, et si mal dessinés dans les lignes rocailleuses du poëte de Monicart, ne sont autres que le chevalier du moyen âge et l'étranger, vaincus tous

3

deux par la royauté de Versailles, cette femme couronnée, ailée et tournée de façon à avoir toujours le
vent en poupe, au figuré comme au propre. Il n'était
pas jusqu'aux ailerons, pennons, pennaches ou pa-
naches de la toque et du Heaume, que dis-je? jusqu'aux fameuses ailes de pigeon de la coiffure des
hôtes assidus de Versailles, qui n'entrassent, par un
secret dessein, pour leur part, et à leur manière, dans
le plan d'une allégorie perpétuelle, générale et néan-
moins si peu comprise de nos jours.

Enfin, et ceci vaut la peine d'être examiné de
près, la chapelle, l'ancienne chapelle du château,
nous est montrée par de Monicart, à la page 4 du tome
premier, dans un *prospect de Versailles en venant
de Paris;* elle se voit encore mieux dans la gravure
publiée par Pigañiol de la Force, page 38 du premier volume, sous le titre : *Coupe sur la largeur
du fond de la tribune de la nouvelle chapelle
du roy à Versailles.* Ce qui ressort de ces deux
images, de la dernière surtout, c'est que la chapelle a
retenu, dans sa forme extérieure, quelque chose de
simple, de primitif, d'agreste, je n'oserais jamais dire
rustique, quelque chose de symbolique enfin, par
quoi se perpétue le souvenir de l'humble et obscure

origine de Versailles ; car, plus on est de vieille race, plus on s'attache, dans sa piété, à conserver intactes, et inaltérées les reliques des aïeux. Oui, malgré l'é-légante somptuosité de l'intérieur, cet édifice, dont l'architecte ne s'est point, et pour cause, assujetti aux règles ordinaires et précises, n'est complétement d'aucun style, n'appartient formellement à aucun or-dre déterminé ; mais, après tout, qu'importe qu'il soit irrégulier, bizarre même au premier coup-d'œil, si bientôt, et sur son frontispice, il donne à lire aisé-ment son nom, son origine et son âge ; si le profil de l'ensemble et l'habitude respective des parties réali-sent et manifestent incontestablement l'idée essen-tielle qui a présidé à sa fondation ! Jetez donc un re-gard sur la gravure de Piganiol ; et quand vous aurez épelé sur le portail les anges jumeaux aux ailes éten-dues, ce qui, vous le savez, vaut en sculpture autant que Versailles en lettres, remarquez comment le corps même de la chapelle, corps ample et large à la base, va se rétrécissant peu à peu jusqu'au sommet, où il se termine en un toit aigu ; puis comment quatre ailes qui se détachent du corps, à droite et à gauche, semblent pouvoir se plier ou s'étendre sur elles-mêmes, à l'aide d'un pivot, d'une charnière, et comme feraient les panneaux d'un paravent; comment enfin, non seulement de face et presque à l'extrémité du toit aigu, mais encore sur les côtés et à la même hauteur, on a pratiqué une sorte de lucarne, une ouverture ronde ou œil-de-bœuf, en mémoire apparemment des quatre œils-de-bœuf par lesquels messire Hugues Du Moulin avançait la tête pour interroger les quatre coins de l'horison, et s'apprêter ainsi, de quelque côté que vînt souffler le vent, à y tourner son aile, avant de s'endormir joyeux.

Mais il est temps de clore cette longue causerie à propos d'un mot, et de rappeler, en finissant, qu'une simple question d'étymologie est devenue tour-à-tour une question d'histoire, de blason, d'agiographie, d'art enfin; tant il est vrai de dire, avec une légère altération d'une parole célèbre :

> D'un secret dévoilé la vérité connue
> Change tout, donne à tout une face imprévue.

www.ingramcontent.com/pod-product-compliance
Lightning Source LLC
Chambersburg PA
CBHW061701180626
46818CB00003B/1199